내가 너의 쉼터가 되어 줄게

파란 문의 오두막

묘

목차

오두목 패밀리 · · · · · · · · · · · · 4

오두막 마을 지도 · · · · · · · · · · 6

1장. 만나다 · · · · · · · · · · · · 8

2장. 이어지다 · · · · · · · · · · 26

3장. 나아가다 · · · · · · · · · · 156

4장. 돌아가다 · · · · · · · · · · 334

이야기를 마치며 · · · · · · · · · · 356

장마 부대를 은퇴한
가장 어른인 먹구름.

크리스마스만 바쁘고
비수기엔 쉬는 산타.

산타의 소꿉친구이자
직장 동료 겸 술친구, 루돌프.

기분에 따라 꽃이
변하는 꽃물고기.

먼 우주 쿠키 행성에
혼자 살고 있는 반죽이.

5

1장. 만나다

16

21

여기는 쿠키 행성이고, 땅은 쿠키 부스러기로 이루어져 있거든. 난 쿠키 부스러기가 없으면 살 수가 없어. 그래서 늘 여기서 지내.

그럼 혼자 뭐 하고 지내는데?

흠..

초코 쿠키에선 지금처럼 킥보드도 타고.

얼그레이 쿠키에선 홍차를 마시면서 피크닉을 즐기지.

비틀즈 쿠키에서는 노래를 듣기도, 부르기도 해.

혼자서 완전 재밌게 놀고 있었잖아. 오늘은 그거 다 우리랑 같이 하자!

24

기대는 늘 실망을 데려왔다.

실망은 상처를 데려왔고,

상처는 방어를 데려왔다.

상처가 데려온
방어는 꽤나 단단했다.

난 꾸준히 그 방어가
산산조각 나길
기다렸던 것 같다.

아무리 단단해도
누군가 부숴 주기를
또 기대했나 보다.

그렇게
방어는 늘
기대를 데려왔다.

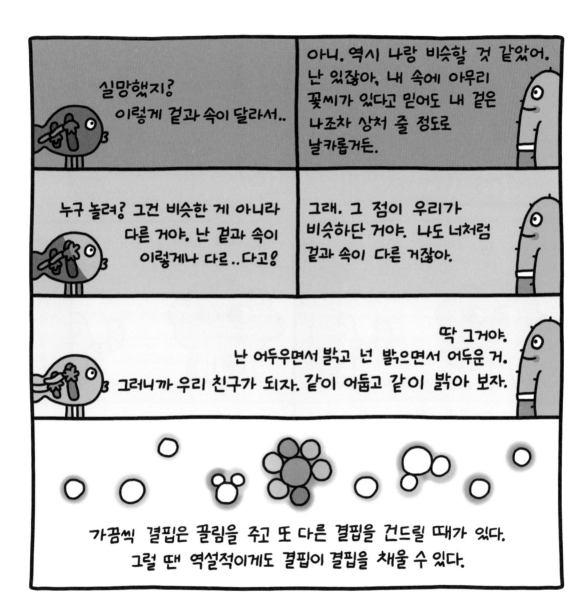

가끔씩 결핍은 끌림을 주고 또 다른 결핍을 건드릴 때가 있다.
그럴 땐 역설적이게도 결핍이 결핍을 채울 수 있다.

너한테 창피한데, 사실 나 요새 계속 술만 마셨어.
이건 내가 바라던 성숙한 어른의 모습이 아니야.
나 이대로 괜찮은 걸까?

흠.. 내가 널 완벽히는 몰라도
인생의 절반 이상을 봐 왔잖아?

응..

근데 네 인생 재밌어.
제법 성실한데 가끔씩 바보짓도 엄청 하고,
진지한 것 같은데 웃길 땐 또 엄청 웃겨.

그게..
괜찮은
거야?

당연하지! 얼마나 빈틈 있고 단단해.
그러니까 그런 찰나의 것들 때문에 네 전체가 흔들리지 마.
넌 괜찮은 인생을 살고 있고, 괜찮은 사람이야.

보러 와 달라고 칭얼대는 건
이기적인 행동이다.

그래서 난 그저
기다릴 수밖에 없었다.

늘, 지는 싸움이었다.

그래도 오늘 같이
이렇게 보고 싶은 날엔

친구들도 이만큼 나를,
보고 싶어 했음 좋겠다.

내가 가고 싶은 만큼 나에게 와 줬음 좋겠다.

반죽아!

...!

오늘따라
보고 싶어서 왔어.

응..응!!

너 무슨 일 있어?
기분이 안 좋아 보이네.

아.. 내가 좀 어둡게 미래를
상상해버렸거든.

그래서 다시 밝은 미래로 상상해 봤는데
그랬더니 지금 내 현실이랑 너무 다른 거야.
이 괴리감이 날 또 괴롭히더라고.

흠, 그럼 어둡든 밝든 상관없이
미래에 대한 생각 자체가
널 괴롭히는 거네?

그럴 땐 그냥 다른 생각을 하려고
노력해 봐. 우리 뇌는 '하지 마'를
이해할 수 없대.

그래서 그 생각은 그대로 두고 대신
다른 생각으로 그 생각을
덮어 버리는 거지!

자꾸 나보다 남을 먼저 살펴.
결국 내 속을 다쳐. 근데 내가 자처한 거라 남을 탓할 수도 없어.
나만 생각해야 될 것 같은데 그것도 너무 어려워.

남을 먼저 헤아릴 수 있는 건, 난 능력이라고 생각해.
그게 너를 지금처럼 힘들게 할 수도 있고, 피로하게 만들 수도 있지만
그때마다 조절하고 연습하면 되는 거야. 능력이니깐.

너의 그 선한 능력을 너무 나무라진 마.
가꾸면 가꿀수록 너를 지켜 주는 무기가 될 테니까.

함께 있으면 편안하고 별거 아닌 일에도 웃음이 나는 친구들이 있다.
그런 친구들과는 한 번씩 '이게 뭐야!'를 외치는 순간이 찾아온다.
그 순간은 생각보다 시원하고 상쾌한 기억으로 자리 잡는다.

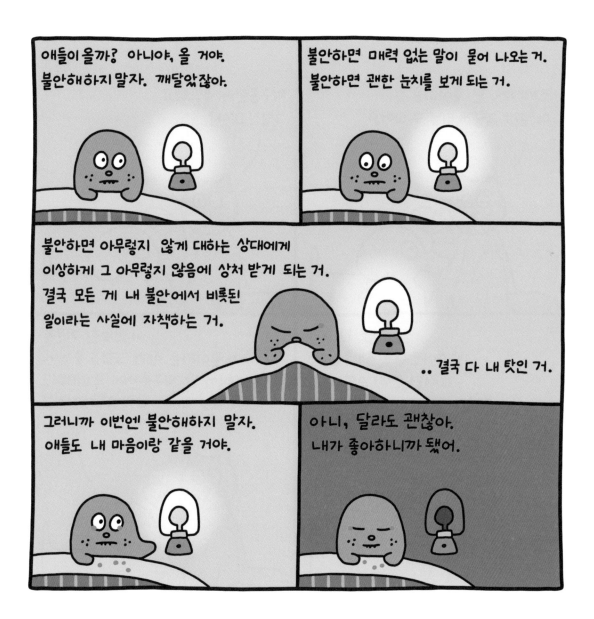

고양아, 고통만큼 성장한다고 하잖아.
그 말을 난 믿거든. 괴로워도 고통은
필연적일 수밖에 없다고.
그저 숙명이라고.

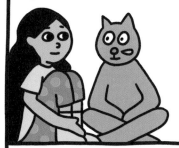

근데 너만큼은
고통 없는 세상에서
살았으면 좋겠어.

호돌이가 떠난 날 네가 나한테 왔을 때,
외로움조차 없는 곳에서 살던 네가
나를 안아 줬을 때, 난 너한테
수많은 감정을 알려 주고 싶었어.

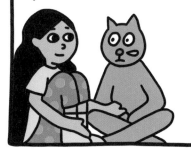

근데 그중에서 슬픔은 아니야.
슬픔은 가장 적게 알려 주고 싶어.

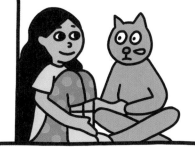

누군가를 좋아할 때
어느 순간 상대의 온기가 전해져 오는
느낌을 받을 때가 있다.

든든함이라든가, 푸근함이라든가.

곁이 주는 따뜻한 온기.
그 온기는 잔잔한데
강한 힘이 있다.

"두목아, 너를 만나고
외로움조차 몰랐던 내 세상이
강렬해졌어."

난 비가 참 좋아. 비만 오면 춤을 추게 돼.
근데 요샌 이런 생각이 들어. 나이가 들어도
지금처럼 비를 좋아할 수 있을까?
어른이 되고 싶었는데,
좀 서글픈 것 같기도 해.

그럴 수 있지. 나이가 들수록
잊혀지는 건 많아지고 감흥은 줄어드니까.
어쩌면 네가 비를 좋아했다는 사실조차도,
비만 오면 춤을 춘 사실조차도
다 잊어버릴 수 있어.

근데 신기한 건 감정은 남아.
아마 너는 크면 지금의 기억을 잊게 되더라도
비만 오면 이상하게 기분이 좋아질 거야.
이유도 모른 채 말이야.

55

루돌프는 나한테 의지가 되는 정말 좋은 친구야.

난 늘 걔한테 받기만 하거든.

걔한테 나도 좋은 친구일까? 나도 그런 친구가 돼 주고 싶어.

넌 이미 좋은 친구일걸?

걔는 네가 자기한테 더 기댈 수 있도록 더 강해지고 싶어 하는 것 같아.

의지할 사람이 있는 것도 좋지만 의지가 될 만한 사람이 되는 것도 좋은 일이니까.

사실 난 산타가 생각하는 것처럼 강하지 못하거든.

내 약한 모습을 들킬까 두려워.

음. 근데 말 그대로 생각보다 약한 거 아니야? 상대적인 거지. 절대적인 게 아니라.

밝은 면이 있으면 어두운 면도 있고, 장점이 있으면 단점도 있는 것처럼 마냥 약하기만 한 사람은 없어.

한번 들켜 보는 건 어때? 네 약한 모습을.

난 왠지 산타가 널 더 좋아하게 될 것 같아.

가혹하리만큼 고통스러웠다면

그 뒤에 오는 행복이 마냥 밝진 않다.

대신 뭉클하고 강렬하게 새겨지곤 한다.

넌 늘 나를 위로해 주잖아.
나도 너한테 위로의 말을 해 주고
싶은데 내가 할 수 있는 건
고작 네 얘기를 들어 주는
것뿐이라 속상해.

음..
들어 주는 것도 어려운 일 아닐까?
듣다 보면 뭐라도 말을 해야 할 것
같잖아.

근데 과연 이 말이 위로가 될지,
오히려 상처를 주진 않을지 고민하다
결국엔 말을 삼키고 지금처럼 눈으로
말하고 있는 거잖아. 모든 걸 나한테
쏟아 내라고. 뭐든 다
들어 주겠다고.

난 그렇게 말하고 있는
네 눈이 가장 큰 위로가 돼.

가끔 그런 생각이 들어.
절망하는 누군가에게 위로라도
해 줘야 할 것 같아서 나도 모르게
"나도 그래. 누구나 그럴 수 있어."
그렇게 내 아픈 패를 보여 줄 수도 있잖아.

근데 그 친구가 진짜 바란 게
이거였을까. 위로가 되긴 했을까.
내 패를 너무 쉽게 내비쳤나.
나에 대해 실망하면 어쩌지.
고민하게 돼. 그래서 점점 말을
아끼는 것 같기도 하고.

누군가를 위해 자신의 아픔을 꺼내는 게
생각보다 따뜻한 위로일 수도있어. 난 참 고마울 것 같은데?

그렇구나.
더 용기가 생기는 것 같아.

근데 그렇지 않더라.
엄마가 아픈 건 어떻게 할 수가 없고,
바뀔 수 있는 건 나더라.

이걸 깨닫는 데 꽤나 시간이 걸렸어.

그럼 지금은 좀 받아들인 거야?

응. 울만큼 운 것 같아.

대부분 부모가 자식보다
먼저 떠나잖아.

그렇지. 슬프게도
누구나 겪는.

나는 남들보다 이런 일을
일찍 겪는 것뿐인 거야.

응. 또 어떤 이들보단
늦게 겪는 일이기도 하겠지.

맞아. 상대적인 거야. 난 늦지도
빠르지도 않은 시기에 어쩌면 크지도
작지도 않은 고통을 겪고 있는 거고.

근데 이것보다 더 큰 고통은 없었으면
좋겠어. 그러니까 고양아,
넌 건강하게 오래 살아야 돼.
절대 아프면 안 돼.

그냥 그런 거야.
희망고문이라도 좋은 거야.
뭐라도 좋으니까
시도라도 할 수 있는 거.

받아들였다고 생각했는데
아직도 종종 엄마가 아픈 게 낯설어.

기적이란 게 있었으면 좋겠어.
없어도 있었으면 좋겠어.

기적은 있어.
적어도 나는 있다고 믿어.

79

가끔 내 삶인데도 내 것 같지 않은 기분이 들 때가 있어.

점점 바빠지다 보니깐 내가 뭘 좋아 했는지, 뭘 추구해 왔는지도 까먹어. 눈치도 보고 비교도 하게 되고 결국 무난한 걸 선택해.

나만의 기준이 약해졌나 봐. 다른 사람의 평가를 곧이곧대로 들어. 그것들은 자꾸만 나를 휩싸고 휘둘러. 그렇게 나를 잃어 가는 것 같아.

근데 너랑 있으면 다시 나를 찾아가는 기분이 나. 아 내가 이런 사람이었지, 그래 내가 이런 걸 좋아했어. 다시 깨닫게 돼.

넌 내가 가장 잃기 싫은 본연을 알아주니까. 그 본연을 내가 고집 피울 수 있도록 그대로 봐 주니까. 너한테서 날 찾아.

산타는 내 소꿉친구다. 그 녀석은 덩치에 비해 아주 여렸고 매일 내 등 뒤에 숨어 울기 바빴다. 난 그런 산타의 작은 영웅이었다. 우리의 관계는 그랬다.

나이가 들었다. 우린 이제 직장 동료이자 같이 술 한잔 기울일 수 있는 어른으로 자랐다.

산타는 누구나 알아보는 우상이 되었고 나는 그 사이 아픔이 생겼다.

산타는 더이상 울지 않는 것 같다. 나는 이제 강하지 않다.

발맞췄던 우리의 추억 속에서 나만 초라한 보폭으로 뒷걸음질을 치고 있었다.

그러던 어느 날, 산타가 내 앞에서 엉엉 울었다. 사실 너무 힘들었다고.

난 있는 힘껏 산타에게로 달려갔다. 그렇다. 우리의 관계는 그랬다.

난 루돌프 앞에서
한없이 여려질 수 있었고

루돌프는 내 앞에서
한없이 강해질 수 있었다.

발맞췄던 우리의 추억은
어긋나도 관성처럼 돌아왔다.

우리의 관계는 늘 그랬다.

내가 지금보다 훨씬 어렸을 때였는데,
너희가 오기 전에 여기를 우연히
온 사람들이 있었어.

우리 갈게.

넌 '또'라는 말을 쉽게 한다.
네가 오는 것도 아니면서.

응, 우리 또 놀자?

아.. 미안해..

한 번 놀고 그렇게 가니깐 남겨진 느낌이 뭔지 알겠더라고. 그때부턴 뭘 해도
마음 한구석이 텅 빈 것 같았어. 다음에 오면 같이 킥보드 타기로 했었는데
혼자 잘만 탄 킥보드가 갑자기 재미없더라. 그래도 지금은 좀 무뎌지긴 했어.

우리가 그때부터 만났으면 좋았을 텐데.

그럼 우리 눈 감고 상상해 볼까?
우리 모두 훨씬 어렸을 때의 모습으로
지금처럼 여기서 만난 거라고 상상해 보는 거야.

좋아?

내 상상력의 원천은
불안이었다.

나의 외로움은 만성적이었다.

이제서야,
내 상상력이 제대로 발동된다.

나의 어두운 기억에 친구들이 덧대어진다.

우중충했던 나의 마음에
따스한 빛깔이 스민다.

기억은 새롭게 피어난다.

엄마는 스무 살이 되자마자 운전을 시작했다.
엄마는 차를 참 좋아했다.
못 가는 곳이 없었고 못 찾는 곳도 없었다.

엄마는 베스트 드라이버였다.

그러다가 몇 년 전,
엄마 뇌에 어떤 골칫거리가 생겨 버렸다.
그 골칫거리는 엄마의 뇌를 부수고 쪼그라들게 했다.

"두목아, 엄마 어떡하지? 집에 가는 길이 생각이 안 나.."

엄마는 베스트 드라이버였다.

비교적 젊은 나이에 오는 치매를 초로기 치매라 부른다.
엄마의 병명이었다.

억장이 무너진다는 게 이런 건가 싶었다. 자기 전에도 울고 꿈에서도 울고 일어나서도 울었다. 울음에 질식할 것만 같았다. 며칠만에 살이 5kg이 빠졌다.

그럼에도 난 모든 걸 놓을 수 없었다.
새벽 수영을 가고, 회사에 출근해 일을 하고, 가끔 남자 친구와 저녁을 먹고, 주말엔 엄마와 시간을 가지기 위해 본가로 내려갔다.

잘해 나가고 있다 생각했다.
하지만 착각이었을까.
남자 친구는 나에게 헤어지자 했다.

"넌 손에 쥔 게 너무 많아. 그중에서 날 포기해."

맞는 말이었다.

모든 걸 쥐기엔

내 손은 너무 작았다.

언어에 강했고 수학에 능했던 엄마는
그것들부터 속절없이 약해졌다.

너무나 모순적인 병이다.
어른이 아이가 되어 간다는 것.
그저 아름답게 기억을 잃어 가는
과정이 아니었다.

이건 생각보다 치욕적이었고
한평생 쌓아 온 모든 것을 빼앗기며
처참히 무너져 가는 일이었다.

아픈 건 죄가 아닌데도
엄마는 왜 죄인인 듯 살아야 하고.

인생엔 정답이 없다지만
왜 나에겐 틀린 답만이 존재하고.

우리에게 시간은 약이 아니라 독인 걸까.

난 늘 기대를 받으며 중심에 있었다.

하지만 어느 순간 직감했다. 나의 비는 더이상 힘이 없다. 시간의 속도는 무심했고 그렇게 내 시대는 가 버렸다.

생각보다 씁쓸했다.

이 실패감이 더 커지기 전에 난 서둘러 은퇴를 했다.

후배들에겐 날 찾는 곳에 갈 것이라 했다. 마지막 자존심이었다.

그러다 저 녀석이 불러 줘서 우연찮게 오두막에 왔다. 한편으론 고마웠지만 어린 아이에게 마냥 위안을 두고 싶진 않았다.

그런데도 그 아이는 힘이 없는 내 비가 좋다고 한다. 나 같은 어른이 되기를 꿈꾼다. 자꾸만 나에게 질문한다. 내가 필요하다.

나의 비는 끝났다고 생각했는데

무지개가 와 있었다.

94

훗날 너의 성공이
얼떨결이지 않았으면 좋겠어.

조금 요령이 없더라도
침착한 성공이었으면 좋겠어.
너의 길이 가볍지 않고 무겁더라도
괜찮다 여겼음 좋겠어.

조금 고달파도 괜찮아.
조금 험난해도 괜찮아.
너의 발자국은 다른 이들의
위안으로 남을 거야.

그만큼 넌 멋지게 클 거야.
넌 분명 멋지게 클 거야.

가끔 자가 진단이 어려운 감정이 있어. 기쁠 땐 맘껏 웃으라 하고 슬플 땐 실컷 울라고 하는데, 힘들 땐 빨리 빠져 나오래. 힘든 거엔 지지 말래.

그래서 힘든데도 힘들어도 되는지 모르겠어. 이걸로 힘든 게 맞나? 싶기도 해.

힘들 땐 힘들어도 돼. 빨리 빠져 나오지 않아도 되고, 여러 번 져도 돼. 멈춘 것 같아도 지나가거든. 어느 순간, 분명 넌 나아져 있을 거야.

그러니까 충분히 여유 있게, 힘듦을 돌봐 줘.

기쁘면 기쁜 대로. 슬프면 슬픈 대로.
힘들면 힘든 대로.

모든 경험엔 다 각기 다른 무게로
선물이 주어졌다.

고통이 주는 선물은 유난히 무겁고 포장도 허름했다.
안 그래도 힘들어 죽겠는데 하필 이런 선물을 주다니.
누구 놀리나? 짜증이 팍 나서 구석으로 밀어 버렸다.
고통이 주고 간 선물은 그렇게 쌓여만 갔다.
마음 한구석 짐덩이처럼.

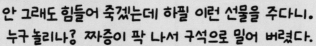

근데 오늘따라 왜일까. 고양이의
위로 때문일까. 더없이 고통스러웠는데
여기서 뭐 하나 얻어 가지 못하는 게
억울해서 그랬던 걸까.

하나씩 하나씩. 열어 보기로 했다.
선물 안에는 무게가 나가는 것들이 잔뜩
있었다. 미더웠고, 이로웠고, 따스했고,
깊었고, 서글펐다.

선물은, 선물이었다.

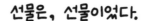

다시는 오지 않는 친구들을 보면서
실망감에 난 울어 버렸어.

내가 좋아하는 만큼 나를 좋아하지
않을 수 있구나. 기대를 한 내 탓이었어.
그래, 실망감은 내게서 비롯된 거야.

나조차 내가 별론데
이런 나를 누가 좋아해 주겠어.

나를 좋아하지 않는 건 당연해.
그때부터 내가 싫어졌어.

그런데도 나는 그런 시간 속에서도
킥보드를 타고, 차를 마시고, 음악을 들으며
혼자 보내는 시간에 열중했어.

아직 밤마다 불안이 찾아 오긴 해.
너희도 나를 안 좋아하면 어쩌지 하고.

그럼에도 지금은 너희를 기다리는
내가 좋고, 혼자 지내는 시간도
기다릴 줄 아는 내가 좋아.

처음부터 이랬으면 좋았을 텐데.

불안하고 외로울 때마다
이렇게 해 볼까, 저렇게 해 볼까
많은 방법들을 찾아보고는 했어.

상상의 불안에서 벗어나는 법,
혼자만의 시간을 보내는 법,
나를 좋아하는 법.

이제야 나한테 맞는 방법을
찾은 것 같아. 좀 더 일찍 찾았으면
좋았을 텐데.

때마다 그에 맞는 방법들이 나타나.
처음부터 이 방법을 찾았다 해도,
그때의 너한텐 맞지 않았을 거야.

네가 아픈 만큼,
나타난 방법에도 성장이 담기거든.

앞으로도 너의 성장을 잘 담아 봐.
지금 찾은 방법보다도
더 좋은 방법이 나타날 테니까.

엄마가 아프고 많은 게 바꼈어.
내 친구들은 배우는 것도 더 많아지고 경험도
폭 넓게 느끼는데 난 뭔가 하나 더 시작하는 것도
많은 다짐이 필요해서 고단했어.

한번은 어떻게 해야 이 울적한 기분이
풀릴 수 있을지 모르겠던 적이 있었어.

일단 책을 읽을까, 노래를 들을까,
영화를 볼까 아니면 그냥 울까.
그러다가 무작정 걸었어.

엄마 때문에 너무 힘든데
그렇다고 내가 무너져 버리면
엄마를 원망하게 될 수도 있잖아.
그러고 싶지 않았어.

그러려면 괜찮은 척이 아니라
진짜 괜찮아져야 했어.

그래서 어떻게든
괜찮아지기로 했어, 난.
그렇게 버텼어.

넌 참 좋아하는 거에 퐁당 잘 빠진다. 상처 받을까 봐 두려워서 쉽게 빠지지 못하는 친구들도 많거든.

모르겠어. 난 만약 상처를 받는다 해도 이겨 낼 수 있는 자신감이 있는 것 같아. 늘 빠질 준비가 되어 있거든.

난 혼자가 편해. 이제 안 와도 돼. 그런 말들이 있다. 끝이 두려운 나머지 끝을 내버리고 마는 고약한 말.

분명 끝내기 싫었는데. 이 고약한 말은 내 마음을 우습게 여기며 자꾸만 내뱉어진다. 그리곤 위로한다. 이게 맞다고. 맞는 거라고.

그렇게 나는 쉽사리 다가가진 못하면서 쉽게 끝내 버리는

고약한 반죽이가 됐다.

그러다 만난 친구들. 내 고약한 말이 도저히 통하지가 않는다.

근데 왜일까, 왜 이렇게 반가울까. 나 기대를 했던 걸까.

쿠키 행성을 벗어나면 내가 어떻게 될진 모르겠다. 부스러기가 없어도 걸을 수 있을지. 숨은 쉴 수 있을지.

그런데도 지구에 가 보고 싶다. 오두막에 있는 친구들에게 내가 먼저 다가가고 싶다.

이들에겐 고약해지기가 진짜 싫다.

131

넌 참 반짝여. 책 무덤 속에서도 유독 반짝이는 책 같아. 비를 머금어서 그런지 눅눅해졌어도 괜히 마음이 가. 무슨 내용이 담겼을까 그 자리에 앉아서 헐레벌떡 읽게 돼.

어. 나 방금 꿈을 정한 것 같아.

꿈?

응. 나도 너처럼 이야기가 있는 어른이 될래. 이야기는 반짝이는 것들로 가득 채울 거야.

이상하다. 꿈을 말했을 뿐인데 마음 한구석이 벌써 반짝이기 시작한다.

133

꿈만 있어도 좋았던 시절이 있었다. "난 몇 센티까지 크고, 장마 부대를 멋지게 이끌고, 이런 가정을 꾸리겠어." 아직 일어나지 않은 일임에도 그 말 한마디 한마디가 그 아이를 만들었다.

어느덧 시간이 흘러 꿈을 말하기엔 부끄러운 나이가 되었다. 이미 내 성장판은 끝났고, 부득불 은퇴를 했고, 결혼은 아직 못 했다. 당장 눈에 보이는 것들이 그 청년을 만들었다.

그리고 지금 그는 꿈을 꾸는 한 아이의 어른이 되었다.

꿈꿔 왔던 내가 아니더라도. 썩 마음에 들지 않는 나여도. 그 아이는 나를 꿈꾼다.

이 아이만은 꿈에 지지 않았으면 좋겠다. 그러면 난 더 꿈을 꿔야한다.

아. 내 마음의 푸른 바닥이 건드려지는 기분. 여전히 난 꿈을 희망하고 있었구나.

(빤히.)

왜?

아무 것도 아니야.

134

내가 복잡하고 사소한 물고기라
덜 힘들어 해도 될 걸,
덜 아파해도 될 걸
더 힘들어 하고
더 아파한 건 아닐까.

한심한 나는
한숨만 삼켰다.

한숨 따라 피어난 꽃은
단숨에 시들 수밖에 없었다.

이런 나를
선인장은 어여쁘게 여겨 줬다.

원래 귀한 꽃일수록 손이 많이 가.

선인장은 나의 시든 꽃을
가꾸어 나갔다.

복잡하고 사소한 방법으로.

나는
복잡한 만큼
긴 생각을 가졌고
사소한 만큼
잔정을 지녔다.

그래,
난 이런 물고기다.

귀한 꽃물고기.

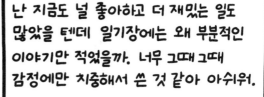

지금까지 쓴 일기장을 오늘 쓰윽 봤거든? 처음엔 너에 대한 이야기가 많았다가 어느 순간부턴 애 같은 내 모습이 속상하다는 얘기가 가득하고 그다음엔 그림에 대한 이야기더라고.

난 지금도 널 좋아하고 더 재밌는 일도 많았을 텐데 일기장에는 왜 부분적인 이야기만 적었을까. 너무 그때 그때 감정에만 치중해서 쓴 것 같아 아쉬워.

응. 기억은 휘발되니까 아쉬울 순 있지. 그래도 마음 가는 것에 집중해서 쓰는 것도 좋아. 훨씬 더 시간이 지나고 나중에 일기장을 다 모아 읽잖아?

그럼 지내 온 시절마다 네가 무엇에 강렬했는지, 어디에 열중했는지 알 수 있게 되거든. 그 시절 네 세상의 전부를 말이야. 그건 생각보다 아주 멋진 경험이 될 거야.

예전엔 나도 내가 싫었어.
나한테 꽃이 필까? 아니, 내가 꽃은 무슨 꽃이야.
간절함이 무능함으로 바뀌는 순간이 있었어.
그때 난 디저트 데저트에서 도망쳤어.

그렇게 나선 길에 우연히 많은 인연들을 스치듯 만나게 됐어.
어차피 한 번 보고 말 인연들이니, 그들에게는 내 이상적인 모습만 추려서
보여 줬어. 당당하고 털털하고 밝은 나만 말이야.

처음엔 내가 연기하는 것처럼 느껴지기도 했어.
난 이런 선인장이 아닌데 하고. 근데 그들은 내 이상적인 모습으로만 나를 인식해.
앞으로도 나를 그렇게 기억하겠지.

지금의 내가 싫을 땐
새로운 것들을 만나러 떠나 보는 것도 좋아.
인연이 장시간 이어지지 않을수록 좋아.
단편적인 모습일 수도 있지만
그런 내가 여러 기억에 남겨지다 보면,
어느덧 그 단편들이 내 중심으로 돼 있더라고.

내가 가장 이상적인 모습이 되었을 때,
오두막에 도착했고 꽃물고기를 만났어.
걔는 예전의 나 같더라.
이상하게, 참 사랑스럽더라고.

누군가의 눈엔 나도 그랬을까?
그랬다면 좋을 것 같아.

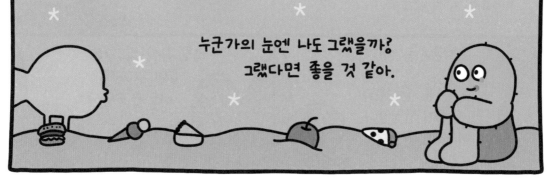

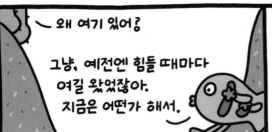

왜 여기 있어?

그냥, 예전엔 힘들 때마다
여길 왔었잖아.
지금은 어떤가 해서.

그때는 하루하루가 참 힘들었어.
매일같이 우울이 찾아오는 거야.
이게 현실인가 분간이
안 갈 정도로 몽롱했어.

아무도 눈치 주지 않고 강요하지 않았는데도.

잘 지내면 힘들어야 될 애가 기분 낸 것 같아 눈치 보이고
힘들면 힘든 대로 안 좋은 기운을 퍼 나르는 것 같아서
눈치가 보였어.

그렇게 날 여길까 봐 두려운..
그래, 그 두려움을 두려워했던 것 같아.

이런 상태니까 다시는 이곳을 찾지 않아야지 마음 먹어도
기어코 또 찾게 됐었어.

지금은 좀 어때?

음. 몰랐는데
여기 생각보다
아늑하고 좋았네.

그럼 같이 있다가
같이 나가자.
나도 좀 쉬지 뭐.

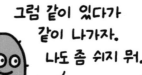

반죽아.
정말 보고 싶었는데 꼭 참고 기다렸어.

고마워, 내가 올 때까지
기다려 줘서.

예전엔 친구가 많아지면
내 세상도 넓어지는 줄 알았어.
용기 없이 누군가 나에게
와 주기만을 바랐어.

당연히 내 세상의 크기는 그대로였어.
밀도만 높아져 갔다고 할까.
겨우 사귄 친구도
결국은 떠났어.

허전함 속에 밀도라도 고집했나 봐.
빈자리를 불안하게 바라봤어.

그러다 만난 고양이와 루돌프.
이들은 내 길을 만들어 줬고
묵묵히 나를 기다려 줬어.

내가 처음으로 앞장 서 내딛은 발걸음.
이제야 내 세상이 넓어져.
아, 이거구나. 이런 거였어.

난생처음 맡은 지구의 공기는 쿠키 행성만큼 달았고
스스로 내 세상을 확장시켰다는 기분은 너무나 벅차.

146

지구에서 쿠키 방석의 유효 기간은 일주일이었다.
영 떨어지지 않는 발걸음. 근데도 입꼬리에 미소가 번진다.

나, 또 올게.

처음으로 내뱉은 말, 또 올게.
또 올게는 내겐 떨리는 말이었다.

오두막 친구들은 알까.
이 말이 나에게 얼마나 큰 의미인지,
이 말을 내가 너희한테 얼마나 하고 싶었는지.

150

오두막 창문 밖으로 보이는
낮의 풍경이 좋고.

지붕 위에 올라
나를 감싸는 밤하늘이 좋고.

내 자리가 자연스러운
익숙해진 거실이 좋고.

부스러기로 자박거리는
발걸음 소리가 좋다.

기교 없이 왔다 간다.
이 기교 없는 일주일.

고졸한 행복.

고통도 언젠간 끝나.

정말 끝이 날까?

응. 그게 유의 세계 질서거든.

유의 세계?

응. 내가 있던 곳에선 삶은 유의 세계, 죽음은 무의 세계라 불러.

해는 떴다 지고, 꽃은 피었다 지지.
모든 게 있던 곳에서 떠나. 그렇게 왔다 가.
태어났다 소멸해 가는 과정,
그게 유의 세계 질서야.

삶을 마치면
누구나 무의 세계로 간다.
무의 세계에 다가갈수록
몸은 그림자처럼 까매지고
부렸던 욕심들이 하나둘씩 떨어진다.
마침내 물이 담긴 양동이 하나만
손에 쥐여질 뿐이다.

무의 세계에 들어서면 샤워실이 나온다.
근데 보통의 샤워실과 다르다.
보통의 샤워실엔 샤워기와 물이 있지만 그 둘 다 없다.

갖고 온 물로만 씻을 수 있다.
여기 오는 자들마다 가지고 있는 물의 양은 다르다.
물이 없을 수도 있다. 그럴 땐 그대로 굳어 무가 된다.

들고 온 양동이에
물이 가득 찰수록
더 오래 씻으면 씻을수록
검게 변한 몸은 다시 색을 되찾고
정지돼 있던 몸은 유연해지고
무는 무한해진다.

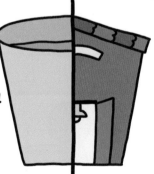

물은 곧 사랑이다.
모두 최대한
사랑을 채워서 오기를.
미움이 두려워도 사랑이
멈추지 않기를.

3장. 나아가다

그런 존재가 있다.

조용한 식당에 이 아이가 들어와 밥을 먹으면 기다렸다는 듯 사람들이 몰려 오고.

한적한 가게에서 이 아이가 옷을 고르면 옷을 찾는 사람들로 가게 문이 분주히 열렸다.

사람을 끄는 힘, 고양이는 그런 힘이 있다.

상실로 채워졌던 밤, 고양이가 나타났다. 그 후 오두막은 거짓말처럼 북적이기 시작했다.

고양이는 내게 그런 존재였다.

계단을 오르다 보면
어느 순간 층계참이 나온다.

그 공간은 잠시 숨 고를 시간을 주고
쉬지 않고 움직이던 무릎을 쉬게 하며
한 방향만 바라보던 시선을
둘러보게 한다.

인생이 계단이라면
삶의 변화가 생기는 참.

지금이
내 인생의 층계참인 걸까.

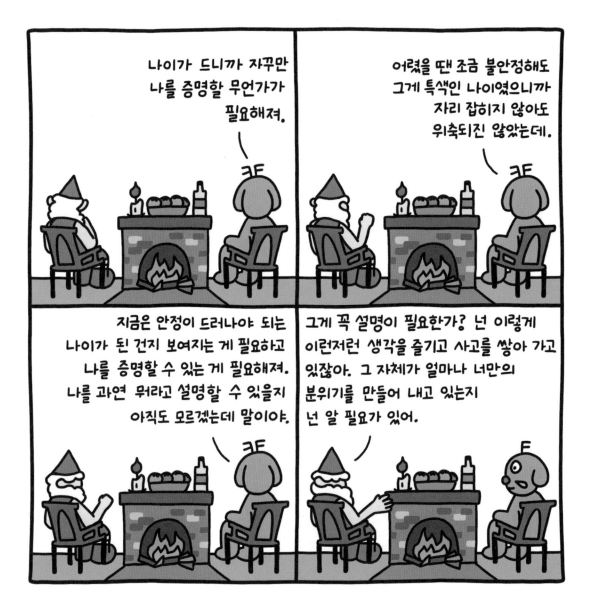

164

마냥 밝은 내가 되고
싶었는데, 어느 순간
아픔이 생기고
슬픔이 덧나니까
더 이상 밝은 내가
될 수 없게 됐다.

상처가 난 순간,
흉이 진 순간,
어떤 짓을 해도 예전의
생살이 될 수 없어
한동안 슬펐다.

꿋꿋해 보여도
내 속은 비치겠지.
움츠러들고
싸매게 됐다.

그러다 산타 덕에
알게 된 사실이 있다.
생살에선 애잔함이
피어오를 수
없다는 것.

애잔함이 깃든 밝음은
따스했다.

난,
마냥 밝지 않은
나의 밝음이
좋아졌다.

엄마는 했던 말을 또 하고,
목요일 다음이 금요일인지 물었고,
점심을 먹고 난 후에 점심을 먹었는지 물었다.
설거지를 해도 그릇이 전혀 깨끗해지지 않았다.

엄마는 나에게 물었다.

엄마가 없는 것보단 있는 게 낫지?

당연한 사실을 묻는다는 건
확인받고 싶어서겠지.

하루에 전화를 수십 통 걸기 시작했고,
스스로 이상한 걸 눈치채고 스스로를 두려워하며,
언젠가부터는 자신을 쓸모없는 인간이라고 말했다.

엄마는 다 안다고 했다.
자신을 답답해하고 수군대는 거 다 안다고.
자기도 부끄럽다고.

지금은 나 없어지길 바랄걸.
나 사라지면 박수칠걸.

스스로에게 해가 되는 말을
자꾸만 내뱉는다는 건
사실 많이 무섭다고,
안심시켜 달라고 외치는 거였을까.

엄마는 나를 꼭 안았다.
최선을 다해.

최선을 다해
기억을 붙들고 있는 것처럼.

하지만 여전히
엄마의 언어, 생각, 초점이 죽어 갔다.
죽어 가는 과정을 지켜보는 건 쉽지 않았다.

어떤 날은 천천히, 또 어떤 날은 뜀박질로
엄마는 멀어지고 있었다.

언젠가부터 평가받는 게 무서워졌어.
작은 비난도 그래. 내 전체가 힐난받는 기분이 들더라고.

예전의 나였다면 웃어 넘겼을 텐데.

지금은 나 자체가 멍청해진 기분이야.

그냥 주눅이 들어버려.

그만큼 네가 힘들었으니까.
마음의 여유가 없었잖아. 그럴 수 있어.

그럴 수 있다는 말은 지금의 나도 괜찮다는 말 같다.
인정받는 기분이 드네. 나 그 말이 필요했나 봐.

발에 걸린 조그만 눈덩이.
생각보다 꽝 얼어 있던 탓에
난 발이 아파서
펑펑 울었다.

 루돌프는 멋지게 나타나
그 눈덩이를 발로 걷어차 버렸다.

 난 원래 이까짓 거에 잘 울었다.
그때마다 루돌프는 서투니까, 떨리니까
갖은 말로 그럴 수 있다고 나를 다독였다.

그랬던 루돌프가
조그만 눈덩이에 걸려 운다.

위태로웠으니까, 여태 힘들었으니까
그럴 수 있다고. 루돌프가 나한테 그랬듯,
나도 루돌프를 다독였다.

생각해 보니 그렇다.

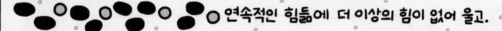

○ 자그마한 문제여도 처음이라 서툴러서 울고.

○ 연속적인 힘듦에 더 이상의 힘이 없어 울고.

어쩌면 다 그럴 수 있는 문제들.
그래, 다 그럴 수 있지.

나를 향한, 너를 향한
다독임이었다.

매일 밤 발 비비는 소리.   선잠에도 시달리는 악몽.

거울과의 대화.   사도 사도 제자리에서 사라지는 치약과 휴지.

온 방을 돌아다니며 불을 껐다 켜는 소리.   비명과 폭력.

엄마의 시야에서 사라져야 해서 현관에서 잠을 잤다.
별의별 증상. 이대로 사라지고 싶었다.

씻기고 밥 먹이고 내 모든 삶과 초점이 엄마를 위함인데도
돌아오는 건 상처뿐인 내 몸뚱아리였다.

어떻게 엄마가 이래. 그냥 이 모든 게 화가 났다.
그러다 또 엄마가 아파서 그렇다고 생각하고 만다.
돌고 돈다. 그냥 안 아팠음 됐잖아.

오늘도 밤새 엄마의 고함과 함께했다.
집을 울리는 쩌렁쩌렁한 소음에 화도 났다.

하지 말라고, 제발 조용히 해달라고 내 울부짖는 부탁에도
엄마가 아랑곳 못 한다는 사실에 또 한번 절망을 맛봤다.

엄마가 나를 죽여줬으면 좋겠다는 생각이 들었다.

그래야 내가 이만큼 고통스러웠다고 알릴 수 있고,
떠넘기는 사람들에게 적당한 죄책감을 줄 수 있고,
난 운명이다 하고 받아들일 수 있을 것만 같았다.

없는 원인과 존재하지 않는 대상에게
죽음으로 복수하고 싶은 충동에 휩싸였다.

잠을 잔 건지 안 잔 건지 온몸이 저릿하고 아팠다.

왜 이런 말도 안 되는 고통을 겪어야 하지.
남들은 다 어떤 밤을 보내고 있는 거지.
왜 내 밤은 이렇게 무섭고 힘든 거지.

누가 날 좀 살려 줬으면 좋겠다.

179

아홉 번을 못하다 한 번을 잘하는 애가 있고,
아홉 번을 잘하다 한 번을 못하는 애가 있다.

난 아홉 번을 잘하고도
한 번을 못하는 애였다.

어쩌면,
못할 한 번을 남겨 둔 애였다.

무서웠다.
언젠가는 나도 모르게 쥐 버릴
실망, 그 한 번으로 모든 게
그르치게 될까 두려웠다.

이토록 두려움이 엄습하는
밤이면 잘한 아홉 번조차도
흔들렸다.

너의 아픔을 내게 말했을 때, 난 참 반가웠어.

실웃음이 나온다.
내 두려움이 얘한텐 아무 것도 아니었다.

고마워.

181

사실 언제부터인진 모르겠어.
어느 순간, 꽤 오랫동안 내가 하는 모든 행동이
싫었던 것 같아.

자꾸만 곱씹게 되더라고.
정말 별거 아닌 사사로운 것들에 불편함과
수치스러움을 느꼈어. 나 스스로도 이해할 수 없을 정도로
불안에 빠졌어.

난 너희를 만나고 오는 일주일이란 시간이
너무 귀했거든. 혹시나 내가 실수를 해서
너희와 멀어지면 어떡하지.
이 말을 하지 않았으면 어땠을까.

잘 보내고 와 놓고도
다시 돌아오면 복잡하고 유난스러워서
머릿속이 터질 것 같은 기분이 들어.

가끔 희생이 따르는 삶이 있다.

내가 괴로운 만큼 누군가는 편안해지고.

내가 두려운 만큼 누군가는 안도하고.

내가 우는 만큼 누군가는 웃고.

내가 잠 못 이루는 만큼 누군가는 잠을 잔다.

당연한 게 없는 세상에서 내 희생만 당연한 세상.

힘들다.
겨우 꺼낸 말 한마디는
이럴 땐 꼭 힘이 없다.

그래도
힘든 게 맞다고 해 주는 이가
단 한 명이라도 나타나면

내 희생은
유약하지만 귀해진다.

고마워, 고양아.
난 이 마음을 너처럼 남을 이해하는 데 쓸게.
무기화하지 않고 꼭, 이해하는 데 쓸 거야.

난 나를 갉아먹는다고만 생각했어.
나의 가장 큰 적은 나였어.
그래서 도망쳤지.

그러다가 꽃물고기, 너를 만났어.
마치 예전의 나를 보는 듯했어.

고통스럽게 도망치다 보니 알게 된 것들.
그것들을 왜 너한테 알려 주고 싶었을까.

아마 나도 모르는 사이에
내가 어떻게 해야 살아갈 수 있을지
익히게 되었나 봐. 무심코 했던 생각, 행동,
작은 습관들이 다 나를 위한 거였어.

나에게서 도망친 줄 알았는데,
나를 찾는 도망침이었어.

겨울이 가면 봄이 온다.
그 말이 그냥 좋아 의지하며 살았다.

아무리 어려워도
난 잘될 거라고 믿으며 노력했다.
두려움이 없는 것은 아니었다.

그러다가 꽃물고기를 만났다.
꽃물고기에게 위로를 해 줄 수 있다는
사실이 반가웠다.

힘든 게 싫었는데,
좋을 수도 있구나.

선인장은 내게 자주 말했다.
나는 괜찮아질 수 있다고.

내 우울한 점을 좋아해 주는 선인장.

하지만 가끔은 같은 이유로
나를 싫어하게 될까 봐,
결국은 이런 나를
떠날까 봐 무서웠다.

너무 소중하면 잃을까 봐
겁이 날 수도 있구나.

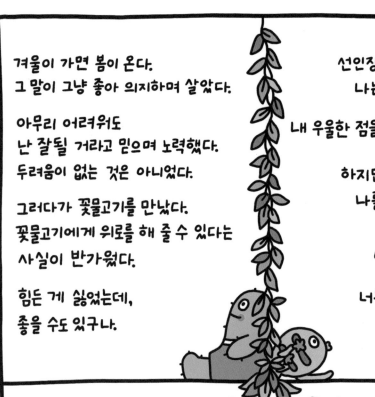

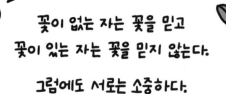

꽃이 없는 자는 꽃을 믿고
꽃이 있는 자는 꽃을 믿지 않는다.

그럼에도 서로는 소중하다.

난 자주색 하늘을 좋아한다.

반죽이를 만나는 날도
그날을 기다리는 날들도 좋다.

고양아, 니가 좋아하는
자주색 하늘이야!

곧 반죽이 만나러 가는
날이네, 좋겠다!

선인장과는 가끔 투닥거리는데
그것도 재밌다.

루돌프와 산타 사이에 껴서
마시는 맥주 한 잔이 참 시원하다.

신난 거 보니까
선인장이랑 놀고 왔구나?

지금 산타랑 루돌프
술 먹고 있대. 가 보자.

좋다.

왜?

내가 뭘 좋아하는지 알고 있는 네가 있어서.

삭풍이 부는 겨울인데도 두목이를 생각하면 훈풍이 느껴진다.
오두막의 마법일까. 아님 이 아이의 마법일까.

난 장마 부대를 이끌면서 항상 마음이 불안했다.
남의 비와 비교하기 바빴고,
내 옷이 아닌 기분이었다.

그러다가도 뭐 괜찮은 날도 있었다.

그럴 때마다 그래, 일이니까.
내가 원하던 모습이 아니었을지라도
하긴 해야지. 그게 어른이지.

내 꿈은.. 뭐였을까.

그렇게 나는 비를 뿌리며
많은 곳을 누볐다.

가끔 비를 멈추고 두둥실 떠서
새로운 곳을 바라볼 때

이상하게
묘한 안락감을 느꼈다.

가물었던 꿈이 가물 대기 시작했다.

고맙게도 그 꿈은 여전히
비 한 모금을 머금고 기다리고 있었나 보다.

불안한 마음이 지겹기도 해.
그만 불안하고 싶은데 습관인지
계속 불안해지거든.

이젠 너희들도 있고
내가 지구를 갈 수 있는데도
불안에 빠지곤 해.
마음 한편에 고여 있는 게 있나 봐.

그게 뭔지 찾으려고 노력 중이야.
내가 잘 조절해 볼게.
조금 기다려 줄 수 있어?

그럼 물론이지. 그런 마음을 가지고 있으면
곧 답을 찾을 수 있을 거야. 그리고 너무
힘들면 말해. 혼자선 잘 안되는 일도
간혹 있으니 꼭 말해야 해.

너무 완벽했던 엄마.

세상의 시기가 많았던 탓일까.
하나씩 뺏기다 결국은 다 뺏긴 걸까.

어디서든 미움보다 사랑을 많이 받던 엄마가
어느 날 사랑보다 미움을 많이 받게 됐다.

그럼에도 엄마는
아픈 목소리로 여전히 나를 사랑했다.
"엄마가 다 해 줄게."

엄마가 원망스러울 때도 있었지만,
단 한 번도 사랑하지 않은 적은
없었다.

지켜 주고 싶었다.

엄마를 향한 사랑이
자식을 향한 사랑처럼 느껴졌다.

엄마는 앞으로 떠나갈 사람이고,
난 남겨진 사람이 되겠지만.
엄마가 떠난 후 내가 어떻게 될진 모르겠지만.

엄마를 품기로 결심했다.
그때는 이게 최선이었다.

난 상상이 즐거웠다.

상상 속에선 정말 모든 게 가능했다.
터무니없는 미래더라도 상상 속에선 가능했고
일어날 수 없어도 설렘으로 찰랑거렸다.

근데 지금은 미래가 안 그려진다. 상상을 못 하겠다.
상상을 하다가도 괴로워서 멈추게 된다.
내 미래가 점점 짧아지고 기대가 되지 않는다.
그게 가장 나를 힘들게 한다.

갑자기 좋아하는 게, 잘하는 게 뭔지 모르겠다.
상상이 없는 난, 반짝이지 않는 것 같다.

조심하다 보니까 두루뭉술 말하게 되고. 어른스럽게 보이고 싶은데 딱히 성숙할 필요가 있나 싶고.

편하게 대하면 가볍게 보이려나 싶고. 진지하게 대하면 재미없는 인간이라고 볼까 싶고.

난 예전에 감정에 참 솔직했는데 어느 순간 어디까지가 솔직한 건지 판단이 잘 안 서.

괜한 시선들의 눈치를 보고, 내가 만들어 낸 이상적인 기준에 겁을 먹어.

그냥 애매한 인간이 되는 것 같아.

엄마가 아픈 후, 엄마의 친구로부터 전화가 왔었다.

두목아, 이거 장기전이야. 알지. 너 무너지면 안 돼.

체력부터 길러야 된단 생각에 운동을 시작했고,
본능적으로 술을 멀리하고 책을 가까이했다.
난 원래 장기전에 강했다.

모든 건 착착 굴러가는 듯하였으나 하나 놓친 게 있었다.
목적지 없는 달리기란 없다는 것.
기약 없는 희생은 언젠가 파멸에 이른다.

결국 무너지고 나서야 깨달았다.
희생도 기약이 필요하구나.

나는 꼭 경험을
하고 나서야 깨닫는다.

희생의 기약은 끝이라기보단 주기다.
출근이 있으면 퇴근이 있고 평일이 가면 주말이 오듯,
특정한 날의 정기적인 쉼이 필요했다.

한 달에 단 하루라도 나를 위한 쉼.

그렇게 기다리는 날을 만들면
가속도가 붙을 때 안심을 얻고,
지쳤을 때 안도를 느끼게 된다.

억압적인 상황과 제한된 시간 속에서 오래 버티려면
덜 억울하고, 덜 자책해야 하니까.

208

오두막에 오면 행복한데 왠지 불안해.
난 이 친구들을 분명 더 좋아할 거야.
확신이 들어.

근데 이 확신이 가끔 너무 무서워.
나는 더 좋아하면 단점까지도 사랑해 버리거든.
친구들은 나랑 다르니까
그렇지 않을 수도 있잖아.
아니, 사실 잘 모르겠어. 그래서 더 두려워.

내 조그만 단점으로 인해
친구들과 멀어질까 봐.
어느 순간 조심하게 돼. 삐거덕거려.
친구들도 그냥 나 같으면 좋겠어.
나처럼 단점까지 사랑해 주면 좋겠어.

난 오두막 같은 사람이 되고 싶었어.
친구들이 나한테 와서 편안해지면 좋겠다고 생각했거든.

산다는 게 함께 풀어야 할 몫이 있고
스스로 정리해야 할 몫도 있잖아.

근데 나는 친구의 몫이 있는데도
덜어 주지 못하면 자책하고,
무심코 내뱉은 말이 상처를 줄까 봐
지쳐도 표현을 못 하겠어.

마냥 받아 줄 순 있어도
범위의 구분이 필요해.
그 선이 분명해지는 순간
넌 다른 인생을 살게 될 거야.

엄마의 언어가 흐려지면서 대화는 끊겨 가고,
엄마의 초점이 사라지면서 눈 맞춤도 드물어졌다.
남은 거라곤 살결뿐이라 그런가.
이거라도 붙들고 싶다.

엄마의 기억은 점점 사라진다.
친구에 대한 기억도. 그토록 사랑했던 할머니의 기억도.
그런데도 아주 가끔 내 이름을 부르며 사랑한다는 말을
내뱉는다. 엄마도 사력을 다해 나를 붙들고 있구나.

하지만 이젠,
엄마와 분리하는 연습을 해야 하는데.
할 수 있을까.

서른 두 살이나 먹고도
엄마 없는 삶이 아직 상상조차 안 된다.

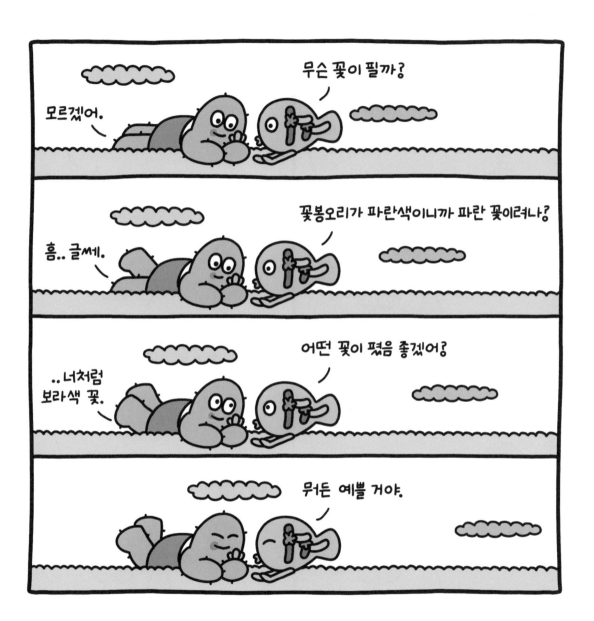

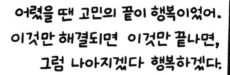

고민이란 게 옛날이나 지금이나
문제의 갈래는 비슷한데
나이를 좀 먹으니까
무게가 달라지더라.

어렸을 땐 고민의 끝이 행복이었어.
이것만 해결되면 이것만 끝나면,
그럼 나아지겠다 행복하겠다.

근데 이젠 이 고민이 해결된다 해도
끝이 안 보여. 또 뭐가 생기겠지.
끝도 모르겠고
피곤하고 묵직해.

그래도 웃으면서 사는 건
지금 내가 하는 말, 이런 끝도 없는 고민에
공감하고 같이 나눌 수 있는 네가 있어서.
같은 세월을 보내는 친구가 있다는 게
위안이 돼.

218

한동안 아무도 만나고 싶지 않았던 적도 있었어.

그땐 그냥 혼자가 편하다고 여겼는데,
지금 생각해 보니 내가 불건강하고
여유롭지 못할 때라 그랬던 거야.

나에게 다가온 좋은 사람들에게 조급해 할까 봐,
그들을 재촉하고 기다려 주지 못할까 봐
그래서 피하고 싶었던 것 같아.

그런 사람들을 놓치면 슬프잖아.
애초에 만나지 않았으면 놓친지도 모를 거니까.

내가 양치를 안 시켜 주면 엄마 이가 썩고
내가 안 씻기면 엄마 냄새가 나고
내가 밥을 안 챙기면 엄마는 굶는다.

내가 하루 귀찮으면,
그렇게 하루 건너뛰면
엄마에겐 꼬질한 흔적이 남는다.

사실 좀 억울하다.
나도 내 인생을 살고 싶은데.
퇴근하고 동료들과 저녁도 먹고 싶고,
친구들이 부르면 바로 나가고도 싶고,
귀찮을 땐 아무것도 안 하고도 싶다.

그렇지만
엄마의 꼬질한 흔적은
내 가슴에 너무나 큰 죄를 묻는다.

그건 부모가 자식한테 하는 사랑이야.
근데 넌 자식이면서 부모한테 그런 사랑을 하고 있는 거고.
그럼 너의 엄마가 죄책감을 느끼게 될 거야.
넌 너의 삶을 살아야지.

나 엄마한테 죄책감을 주고 있었던 걸까. 조금 더 내 삶을 살아도 되는 걸까.

넌 나에게
요새 어떠냐고 물었다.

엄마가 더 많이 나빠졌다고.
나도 아픈데 엄마까지 챙겨야 해서 힘들었다고.
하루도 울지 않은 날이 없었다고.
사실 힘겨웠다고.

막연한 든든함, 안도감, 요람.
찾고 싶었던 도피처.
결국은 못 찾나 했는데
네가 나타났다.

홀로 남겨진다는 공포가 날 압박할 때 네가 왔지.
너는 내가 듣고 싶었던 말을 다정하고도 곱게,
퉁명스러우면서 당연한 듯 너의 말투로 해 주었다.

우린 나아질 거야.

돌아가고 있다.
회복은 가능하다.

내 뒤늦은 꿈을 찾느라
코끼리가 무얼 하는지 잘 몰랐다.
코끼리는 늘 천진난만한 어린 아이일 줄 알았다.

내 시간보다
코끼리의 시간은 훨씬 느릴 줄 알았다.

코끼리의 고민이 하나둘 쌓였겠구나.
저 말을 내뱉기까지 날 기다리고 있었겠구나.

코끼리는 나도 모르는 사이
어른이 되어 가고 있었다.

우리 같이 떠날래?

응.

224

나이가 들다 보면
지금처럼 권태가 또 올 수도 있어.

그 상황이 오잖아?
그럼 꾸준히 재미있게 할 수 있는 게
뭘까 고민하게 돼. 이렇게까지 고민해
본 적이 있을까 싶을 정도로. 그때 생겨나는
추진력은 분명 강할 거야.

평소보다 더 큰 체력을 주고,
어느 날은 이게 있어 다행이다 싶도록
위로와 쉼이 되어 주고
그리고 인내를 줄 거야.

지금보단 열정 가득하지 않더라도
널 꾸준히 지치지 않게 해 줄거야.

꿈같은 며칠이었다.

어느 순간부터 인생은 숙제였다. 받아들이고, 받아들이고의 연속이었다.

남 일이라고 생각했던 것들이 내 일이 되었고,
내 안부보다 엄마 안부를 묻는 질문에 익숙해져야 했다.
난 엄마가 아직 필요한데
엄마는 나보다 어린 아이가 됐다.
육아인지, 간병인지, 보호자인지, 딸인지.
그래도, 사랑하는 우리 엄마.

그렇게 한동안 숙제를 풀었다. 내가 나를 잊는 시간이기도 했다.
떨궈진 고개는 굳어 갔고, 지금이 낮인지 밤인지 구분도 안 됐다.

그러다 날아온
쪽지 하나.
"오늘 땡땡이 치자."

쪽지를 읽다가
굽은 목을 펴 보았다.
오랜만에 닥치는 햇살에
눈이 찡긋 부시다.

난 여전히 어린 아이고
숙제는 싫다.

달음박질로 나선다.

오늘만큼은 괜찮겠지.

우리 오늘 때때비 ㅇㅇ이 치자
-고양이-

코끼리는 자신의 꿈과 의미를 찾기 위해 먹구름의 여행에 동행하기로 한다.
둘은 잠시 오두막을 떠난다. 둘의 눈이 새롭게 반짝인다.

꿈속에서 내 몸은
꽃으로 뒤덮여 있었다.

잠에서 깨자마자 팔에 있는 꽃봉오리를 살폈다.
꿈과 차이가 별로 없는 안도감에 다시금 행복한 단잠에 빠졌다.

근데 그날 꿈은 달랐다.

내 온몸에서 꽃들이
하나둘씩 떨어졌다.

팔 감각이 이상하리만치 현실처럼 두드러졌다.
소스라치게 놀라 눈을 떴다. 그래, 꿈이야.

팔을 봤다.

꽃봉오리는
떨어져 있었다.

233

선인장은 생각보다 괜찮아 보인다.

아무렇지 않은 척 평소처럼 생활한다.

다들 괜찮냐고 묻는데 그 물음들에 퉁명스럽게 대답한다.

괜찮아?

괜찮아.
뭐 그럴 수도 있지.
별로 기대 안 했어.

그리고 꽃물고기가 찾아가곤 했던 웅덩이를 찾는다.
그 안에 웅크리고 앉아 울고 있는 선인장.
꽃물고기는 말없이 바라본다.

네 덕에 두려움이 덜어지고 있는 것 같아.

난 네 덕에 행복이 채워지고 있는 것 같아.

싱긋.

다정이 노력의 범주가 아니라
그냥 다정한 사람이 있다.

고양아, 넌 나한테 그런 존재야.
다정함이 메마르지 않을 것 같아.

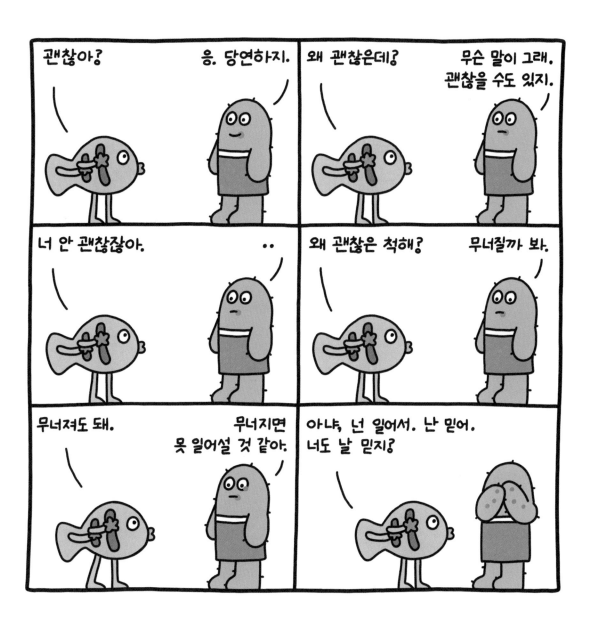

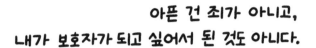

아픈 건 죄가 아니고,
내가 보호자가 되고 싶어서 된 것도 아니다.

잘못한 게 없는데 왜 고통받는지 이해할 수가 없어.

근데도 나아졌다는 생각이 드는 건,
내가 만든 나의 루틴을 잘 이행하고 있다는 거야.

힘들어도 내 것을 지키는 훈련을 잘해 뒀나 봐.

처음에 난 네가 참 부러웠어.
저렇게 예쁜 꽃을 지녔다니.

그래서 너에게 다가갔는데
마침 그날 그 꽃이 시드는 걸 봤어.
그 순간 이상하게 너한테 더 끌리더라.

위안도 있었을 거야.
나한테 그토록 간절한 꽃이
있다 해도 별로일 수도 있겠구나.
그렇게 간절해하지 않아도 되겠다 싶은.

근데 네가 차츰 나아지니까,
꽃에 어울리는 물고기가 되어 가니까
점점 조급해지더라.

너랑 어울리는 애가 되려면
내 꽃이 빨리 피어야 하는데.
그러다 꽃봉오리가 생겼을 때
얼마나 기뻤는지 몰라.

근데 이렇게 빨리 떨어져 버리니까
창피했어. 속상하기도 해서 무너지고 싶은데,
내가 너무 초라해서 무너지는 것조차
사치 같더라고. 그래서 괜찮은 척했어.

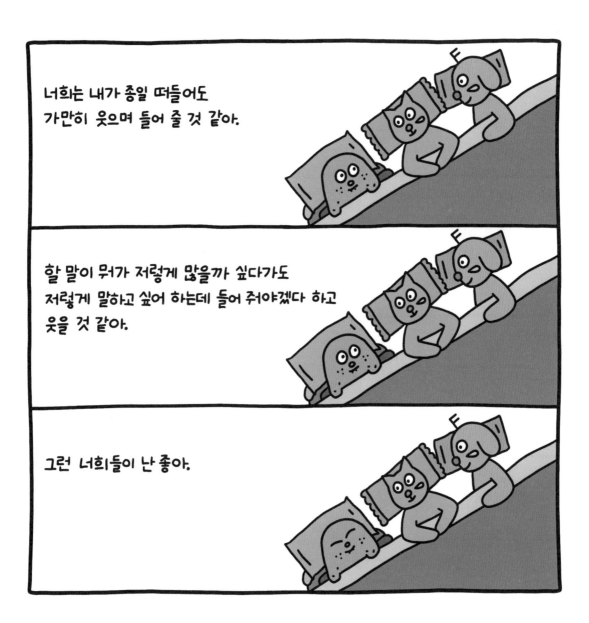

너희는 내가 종일 떠들어도
가만히 웃으며 들어 줄 것 같아.

할 말이 뭐가 저렇게 많을까 싶다가도
저렇게 말하고 싶어 하는데 들어 줘야겠다 하고
웃을 것 같아.

그런 너희들이 난 좋아.

내 탓도 지겹고, 남 탓도 지겨워.
내 탓을 하다가도 남 탓 같고,
남 탓을 하다가도 내 탓 같아.

그냥 탓하는 에너지 자체가
너무 어지럽고 아까워.

이럴 바에야 탓하지 않을래.

그냥 그럴 수 있다고 생각할래.

치매. 만 가지 증상을 가진 병이라고 하지 않나.
그 말은, 즉 만 가지 돌발이 있다는 뜻이다.

배회, 섬망, 거울 망상, 섭식 장애, 폐렴, 낙상, 신경질, 폭력 등.
위험한 물건은 숨기고, 냉장고에 자물쇠를 달고,
양문형 도어락으로 바꾸고, 침대는 낮아지고, 매트는 방수로.

같이 화를 내기도, 울기도, 웃어 넘기기도 하면서
새로 나타나는 돌발에 대응해 나갔다.

나아지고 싶단 마음도 뇌의 영역이라
병식도, 의지도 없는 환자를 이끌고 간다는 건 참 괴로웠다.

'내가 더 빨리 병원에 데려갔다면.'
모든 걸 곱씹는 버릇이 생겼고,

"이거 왜 안 했어."
누군가의 의미 없는 말 한마디조차
모두 내 책임으로 들리는 지경이 됐다.

그래도 최선을 다했다는 먹먹한 후련함 속에서
알 수 없는 억울함과 죄책감에 사무쳤고, 가끔은 지겨웠다.

다 그렇지 않나. 다 그럴 만한 이유가 있지 않나.
이제 나의 선택도, 다른 이들의 선택도 더 이상 탓하고 싶지 않아졌다.
모든 건 다 최선의 이유가 있다고. 그렇게 최선에 의해 굴러간다고.

넌 모두가 아는 산타잖아.

어느 순간부터 너에 비해
내가 너무 작아 보이는 거야.

넌 내 소중한 친군데,

내가 너한테 질투를 느끼고 있더라고.

이런 내가 너무 싫더라.

그래서 네 앞에서
더 괜찮은 척을 했고,
더 대단한 척 굴기도 했어.

나 참 못났지?

내가 부족해서 그런가,
나는 상대한테 흠이 있어야
다가가기 쉽더라.

근데 보니까
흠이 빈틈이더라고.

내가 들어갈 수 있는.

왠지 대중목욕탕을
싫어했던 엄마.

엄마와 목욕탕을
한번 가 보는 게 소원이었는데
외할머니가 돌아가시고 장례식장 가는 길에
우연찮게 처음으로 가게 됐다.

엄마는 말했다.
"외할머니가 두 목이 소원을
이루어 줬나 보다" 하고.

그날 엄마는 숨을 헐떡거리며 내내 울었다.
엄마의 등은 종일 들썩거렸다.

소원이 이루어지려면 생각보다 큰 아픔이 필요한 걸까.

생일 촛불을 꺼야 할 때.　　별똥별이 떨어질 때.　　보름달이 떴을 때.

무슨 소원을 빌까
고민하는 순간 별똥별은 떨어졌다.

그래서 생각했다.
바로 떠올릴 수 있는 소원을 하나 만들어 두기로.
내 소원은 '뿔뿔이 흩어진 우리 가족이 모이게 해 주세요'였다.
오두막에 더 이상 혼자 있기가 싫었다.

엄마가 아픈 후 고양이가 오면서 그 소원은 이루어졌다.
잊고 있었구나. 소원이 이루어지려면
꽤나 많은 삯을 내어야 한다는걸.

앞으론 소원을 빌지 않아야겠다고 생각했다.
고양이까지 잃을 순 없다.

263

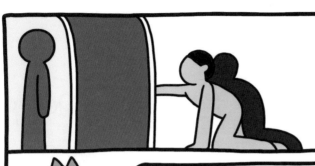

상실을 겪으면,
아무리 행복한 상황에서도
늘 슬픔의 그림자가 뒤따라오곤 해.

나이가 들수록 상실을 겪은 사람은 많아질 텐데,
그럼 너무 슬픈 세상이지 않을까.

상실의 아픔을 겪은 자들끼린 뭔가 유대감이 생겨.

죽음을 생각하면 미지의 두려움이었다가
어느 날은 그리움 같은 감정으로 바뀌는 순간이 있거든.
멀다가도 멀지 않은 것 같은 기분이 드는.

그처럼 아픔에서 오는 위로와 치유가 있어.
그렇게 또 살아가는 거야.

269

273

난 어렸을 때 너를 지켜 줄 수 있어 좋았어.
계속 너보다 강해서, 늘 널 지켜 주고 싶었어.

근데 어느 날부턴가
나보다 앞서 나가고 있는 널 봤어.
그때 내 한계를 느낀 것 같아.
어찌 보면 강하지 못해서 강해 보이고 싶었던 걸까.
난 너와 달리 감정에 솔직하지 못했어.

친구로서 네가 자랑스러우면서도
한편으론 나보다 강해져버린 너에게
질투를 느끼게 되더라.

난 그냥 루돌프일 뿐이니까.

내 능력이라곤 너를 감싸 줄 수 있는 것뿐이었는데
그걸 못 하게 되니까 더 아프더라.
근데 그런 내 모습이 너무 치졸하더라고.

사실 이거였어.
나의 아픔보다 더 아픈 부분은
이런 내가 네 친구라서.
네 친구가 나 같은 애라서.

그래도 난 네가 필요해.
여전히 네가 내 친구라서 자랑스럽고
내가 네 친구라서 기뻐.

원래의 난 누구에게나 필요한 존재였다.

관계에서 어떤 때는 날 중심에 두고 도는 느낌도 들었다.

이상하게 누구나 날 좋아해 줬고, 친구도 마음만 먹으면 사귈 수 있었고, 관심을 얻고 싶으면 쉽게 얻을 수 있었다.

그런 데서 우월 의식도 있었을 것이다. 여러 관계에서도 내가 강한 사람이니까 이해해 주자 식으로 넘어가기도 했다.

근데 스스로 무너져 보니까, 관계에서도 넘어져 보니까 날 잡아 줄 누구라도 필요하게 됐다. 주객이 바뀌어 버렸다. 어쩌면 나는 처음부터 중심이 아니었을지도 모르겠다.

그렇게 나를 보니까, 내 부족한 점을 마주하니까 신기하게 너랑 내 사이가 더 깊어지더라.

밥을 먹이다가도 한 번의 숟가락질에,
대소변 실수를 하다가도 배 아프다는 의사 표현에 울컥하고 겸허해져.

엄마의 의미 없는 토닥임에 마음을 다잡고
엄마의 옹아리에 뜻이 있을 거라 이해하곤 해. 원초적인 믿음뿐이지만 말이야.

나 많이 받아들인 걸까, 포기한 걸까.

처음엔 내 이야기가 흥미롭나 했어.
그래서 자꾸 떠들었지.

어느 순간 나 혼자 말하고 있는 기분이 들면
'아, 내 이야기가 흥미롭지 않은가' 하고
나한테서 문제를 찾게 되더라.

그래서 난,
너만큼은 네 이야기도 듣고 싶었어.
너랑은 잘 말하고 잘 듣는 사이가 돼서
얼마나 좋은지 몰라.

내 약점이라고 생각했던 아픔이
너랑 지내다 보니 어느 순간 괜찮아져 있더라.

예전에는 이걸 언제 말할지 생각했어.
미리 말해 버리는 게 좋을까,
나중에 말하는 게 나을까 고민했거든.

근데 지금은
타이밍을 재지 않고
자연스럽게 말할 수 있게 됐어.

이걸로 날 어떻게 판단할지는
중요하지 않게 된 것 같아.
판단은 상대의
몫이니까 말이야.

나 여유가 생겼나 봐.
오랜만에 대화를 하는 내내
자유로웠어.

그냥 엄마가 내 딸이었으면,
엄마가 작은 아이였으면 좋겠다고 생각했어.

이대로 들쳐 안고 집에 가자고,
우리 둘이 지금처럼 이렇게 계속 살자고.

엄마 때문에 너무 힘든데 또 엄마 덕분에 살아갔어.

넌 엄마와 서로 의존적인 관계가 되어 봤으니깐
네 한계를 깨닫고 엄마와 너의 몫을 나누고
경계를 정하는 게 가장 어려울 거야.

근데 그 경계를 만들고 나잖아?

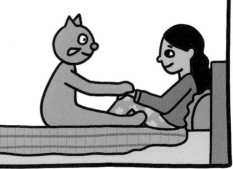

각자의 독립된 체계 안에서
그 신뢰는 가장 두터울 거야.

그 이후부턴 남들과도 할 수 있게 돼.

불안한 내가 가장 편안하게 너희를 좋아할 수 있었어.

안 좋은 게 없어서 좋았어.

그냥 있는 그대로 좋아할 수 있어서 편안해.

엄마가 잠은 몇 시에 들고 몇 시에 깨는지,
몇 시에 몇 차례 폭력성이 나오는지,
무엇을 했을 때 더 증폭되는지 등을 살피고 기록했다.

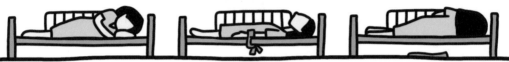

그에 따라 약의 처방은 달라지고
같은 약이라도 용량과 순서가 달라졌다.

나만의 노력은 아니었다.

어쩌면,
엄마의 희미한 노력이
더 컸으리라.

고통스러워도
제대로 직면해야 했다.

그래야
힘든 맛이라도 느낄 수 있다.

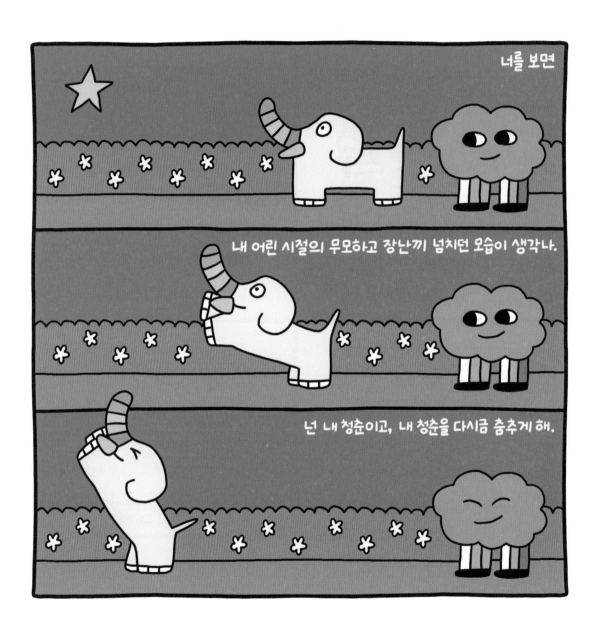

너를 보면

내 어린 시절의 무모하고 장난끼 넘치던 모습이 생각나.

넌 내 청춘이고, 내 청춘을 다시금 춤추게 해.

298

난 나를 갉아먹는다고만 생각했는데

킥보드 탈 때 넘어지지 않게 조심하거나,

차를 마실 때 데일까 봐 식혀서 마시거나,

안정이 필요할 때 노래를 듣는다거나.

다 나를 위한 행동이잖아.
나도 모르게 나를 위하고 있었단 생각에 위안이 돼.

이상하게 나를 지켜 주는 존재가
하나 더 생겨난 느낌이야.

나, 나를 돌보는 방법을 알게 된 것 같아.

엄마는 요양원으로 갔어.
엄마가 미동 없이 가만히 있으면
코에 손을 갖다 대서 숨 쉬는지 확인하는
버릇까지 나한테 생겼더라고.

위생, 영양, 규칙적인 생활을 생각하면
낯설어도 전문가의 보살핌 아래 있는 게 낫다고 생각했어.
나를 위한 선택보다 엄마를 위한 선택이라는
생각이 들었어.

갑자기 나한테 생긴 시간이 낯설기도 해. 즐겁게 하루를 보내다가도
'엄마는 오늘 어떤 사투를 벌이고 있을까' 하는 생각에 울적해지고
다시 즐겁다가 또 헛헛해지고.

그래도 우리 엄마는 잘 적응할 수 있겠지?

응. 물론이지. 근데 너도 적응이 필요한 거 알지?

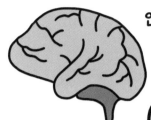

인간의 본체는 뇌라는 생각이 든다.
기억은 학습된 지식이며 언어고
체면이며 존엄이다.

엄마가 60년을 쌓아 온 학습.

잠을 자고, 걸음을 떼고, 대소변을 가리고, 음식을 씹고 삼키며,
자신의 얼굴을 인식하고 자아를 이해하는. 그 모든 걸 잊었다.

그럼에도 나한테만큼은
내가 오면 방긋 웃고 헤어질 땐 우는 엄마.

쪼개지고 흩어지는
기억의 파편 속에서

나만큼은 건져서
감정의 영역으로 옮겨 둔 걸까.

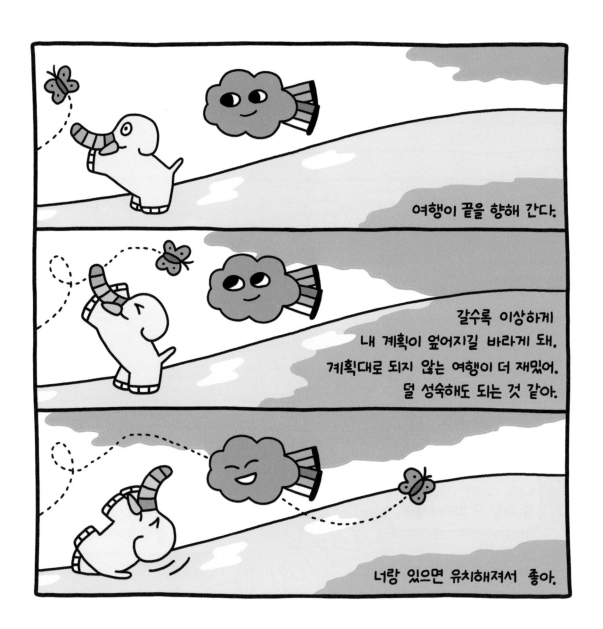

여행이 끝을 향해 간다.

갈수록 이상하게
내 계획이 엎어지길 바라게 돼.
계획대로 되지 않는 여행이 더 재밌어.
덜 성숙해도 되는 것 같아.

너랑 있으면 유치해져서 좋아.

반죽이는 지구에 갔다 돌아올 때마다
영 떨어지지 않는 발걸음에 어렴풋한 기억을 떠올렸다.
어디선가 강렬하게 남아 있는 느낌.

반죽이 회상

쿠키 행성에서 태어나 홀로 처음 눈을 뜬 날,
요람처럼 쌓여 있던 쿠키 부스러기.

한 움큼 손바닥에 쓸어 담았다.

부스러기는 손가락 사이를 빠져나가기를 꺼려하는 듯
손가락에 둘러붙다가 느리게 빠져 나갔다.

이상하게 왈칵 눈물이 났던 어린 반죽이.

엄마다.
부스러기는 엄마였다.

반죽이는
자신의 숙명을 깨닫는다.

310

엄마가
곡기를 끊었어.
며칠 째 잠만 자.

삶의 의욕이 없어 보여.
무언가를 먹는 것도, 자고 일어나는 것도
다 살고 싶어서 가능했던 건가 봐.

내가 벼랑 끝이라고 느낀 순간에도 나는 배고파서 무라도 먹고
내일을 위해 잠을 잤어. 이 하찮은 모든 것이 다 나를 사랑해서,
내 삶에 대한 의욕이 있어서 가능했던 거였어.

주변에서 이제 마음의 준비를 하래.
짧게는 며칠, 길게는 몇 개월이래.

모르겠어, 아직도. 그래도 엄마는 더 강하다고
더 오래 내 곁에 있을 거란 오만한 생각을 해.

실감이 안 나. 그냥 무서워.
얼마나 슬플지, 또 얼마나 힘들지. 그냥 모르겠어.
그래도 난 또 어떻게든 받아들이겠지.
그렇게 살아가겠지. 슬픔을 기다리고 있는 것 같아.
어쩔 수 없는 일인 걸 아니까 그냥 기다리고 있나 봐.

지나가는 것은 모두 죽어. 그게 유의 세계 질서니까.

오늘 하루도 곧 있으면 죽을 거야.

이제 알 수 없는 내일이 태어날 거고.

오늘은 무슨 시간을 보냈는지, 내일은 뭘 하고 싶은지 거창할 필요도 없어. 그냥 지금처럼 그 정도여도 돼.

하루가 지났다고 어제의 하루가 사라지지 않듯이 기억에 묻고, 마음에 묻고, 땅에 묻고. 그렇게 묻고 같이 가는 거야.

죽음은 남 일 같아도 필연적으로 내 일이 될 수밖에 없거든. 매일 네가 아침을 맞이할 때마다 지난 하루를 묻는 것처럼 그렇게 매일 그날을 위해 연습하고 있는 거야, 넌.

312

320

엄마처럼 숱이 많은 머리카락에도.

엄마 닮아 얇은 손목과 발목에도.

엄마를 닮은 글씨체에도.

나에게 묻어 있는 엄마,
그 점을 사랑해야겠다.

우린 여행에서 돌아왔다.
오두막을 들어서기 전부터 이미 따뜻한 식탁의 온기와
맛있는 냄새가 새어 나온다.

맛있게 먹으며
우리는 여행지에서 겪은 이야기를
영웅담처럼 실컷 떠들었다.

코끼리를 바라보았다.
반짝이는 눈빛, 다행이었다.

난 코끼리의 꿈이었으나
어느덧 내 꿈은 코끼리가 되어 있었다.
여행을 할수록 너의 반짝이는 성장이
내 꿈이 됐다. 너는 내 청춘이었다.

아쉬운 게 하나 있다면
왜 하필 내가 너보다 나이가 많아서
너의 성장을 마지막까지 지켜보지 못할까.

여행 내내 썼던
일지와 같은 산발적인 글은
언젠가 나 없이 남겨질 코끼리를 위해
완성시키기로 했다.

신기하게 밤을 새어 쓰는 글이
피곤하지 않다.

신이 난다. 이 마무리까지가 내 꿈이었구나.

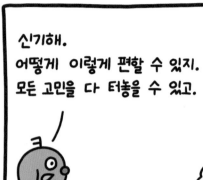

신기해.
어떻게 이렇게 편할 수 있지.
모든 고민을 다 터놓을 수 있고.

특히 너만큼은,
너한테만은 비밀이 없었으면
좋겠단 마음이 들어.

응. 내가 어떤 애지 싶을 때,
너랑 놀고나면
그래 내가 이런 애지 싶고.

맞아. 가끔 짜증도 나고,
툴툴대기도 하고, 귀찮을 때도 있지만
절대 이 관계가 깨지진 않을 것 같아.

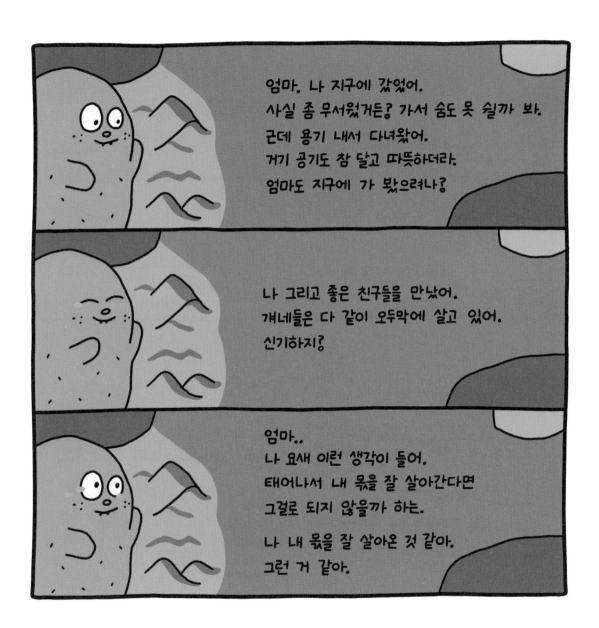

엄마, 나 지구에 갔었어.
사실 좀 무서웠거든? 가서 숨도 못 쉴까 봐.
근데 용기 내서 다녀왔어.
거기 공기도 참 달고 따뜻하더라.
엄마도 지구에 가 봤으려나?

나 그리고 좋은 친구들을 만났어.
걔네들은 다 같이 오두막에 살고 있어.
신기하지?

엄마..
나 요새 이런 생각이 들어.
태어나서 내 몫을 잘 살아간다면
그걸로 되지 않을까 하는.

나 내 몫을 잘 살아온 것 같아.
그런 거 같아.

죽음은
선택지가 없는 내 삶에
나라도 선택하라며 기회를 줬고

수고 싶다는 내 말에
여기서라도 쉬라며 나를 다독였다.

난 갈 곳 없는 이들의
선택이 되어 주고 싶었고
그들의 쉼이 되어 주고 싶었다.

나의 오두막은 그렇게 만들어졌다.

사랑이란 뭘까.

사라지는 기억에도, 깊어지는 상처에도
그럼에도 그럴수록 본연을 지키고 감정을 드러낸다.
나를 다시 꿈꾸게 만든다.

서로를 포기하지 못하게 하는 마음.

삶을 붙들게 만드는 힘.

난 이걸 사랑이라 말하고 기적이라 부르겠다.

나 계속 사랑할래.

끊임없이 사랑할래.

331

4장. 돌아가다

두목이는 곱게 늙었고 죽음을 앞두고 있다.
두목이는 나한테 슬픔을 가장 적게
알려 주고 싶다 해 놓고,
마지막에 가장 큰 슬픔을 줘 버린다.

언젠가는 이렇게 가장 큰 슬픔을
줄 거란 걸 알았던 걸까.
그래서 슬픔을
가장 적게 알려 주고 싶었던 걸까.

오두막에서 만나 함께 늙어 간 친구들.
모두가 곱게 늙었고 죽음을 앞두고 있었구나.

나는 다시 무의 세계로 돌아가기로 결심했다.
그 전에 마지막으로 이들을 인솔하기로 한다.

오두목, 무의 세계로 다가갈수록
그녀의 몸은 그림자처럼 까매진다.
손엔 물 한 동이가 쥐여지고,
고양이의 안내에 따라 샤워실로 들어간다.

나는 다시 색을 되찾고, 굳었던 몸이 유연해졌다.
그토록 그리워하던 엄마를 향하는 발걸음인데도
어딘가 무겁다.

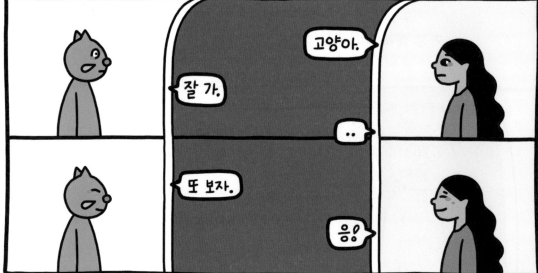

고양아.

잘 가.

..

또 보자.

응!

그렇게 씻고 나와 마주한 무한한 세상.
그곳엔 엄마와 호돌이가 있다.

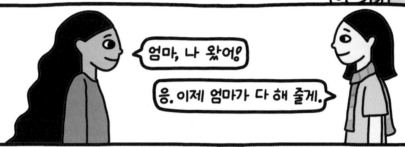

엄마, 나 왔어?

응. 이제 엄마가 다 해 줄게.

엄마의 아프지 않은 목소리. 아프지 않은 미소.
우리 엄마다. 나의 무한한 세상.

저 멀리 선인장의 뒷모습이 보인다.
선인장에겐 꽃물고기에게 있었던 보라색 꽃이 피어 있다.

꽃이 피었네?

응. 갑자기 피었어.
어, 넌 왜 없어?

없어도 돼.

꽃밭 한가운데서
꽃물고기는 마침내 허울이란 꽃을 내던졌고
선인장의 진심이란 꽃은 바람에 흔들렸다.

루돌프, 산타와 술 한잔을 기울이고
오두막에 돌아와 누웠다.

눈을 감고 어린 시절부터 지금까지
산타와 함께했던 시절을 떠올리며
입꼬리는 올라간다.

어느덧 옆에 고양이가 와 있다.
루돌프는 마지막을 직감하고
고양이의 안내를 받아
무의 세계로 향한다.

산타한테는
나 다시 돌아갔다고, 거기서
먼저 놀고 있겠다고 전해 줘.

343

먹구름은 한 권의 책을 완성했다.
우리가 함께 다닌
여행에 대한 기록이다.

그리고 먹구름은 죽었다.
먹구름 없이도 살아갈 수 있게끔
길잡이를 남겨 주고서.

책 속에 담긴 인물 하나하나의 생김새, 태도, 말투가 생생하고
장소, 공간감, 분위기가 세세하게 적혀 있었다.
글이 그려지는 기분, 상상이 되는 화법, 먹구름 냄새가 나는 책.

이제 겨우 한 번 읽었는데,
몇 번을 또 읽게 될까?

반죽이는 쿠키 행성에서 눈을 감는다. 엄마 곁에서.

드디어 완전한 쿠키가 되어 부스러기로 변한다.

새로운 아기, 미완의 반죽이가 그 자리에서 눈을 뜬다.

아이 반죽이는 부스러기를 끌어 안고 운다. 쿠키 행성의 반죽이는 그렇게 순환한다.

모두를 보내고 고양이는 쿠키 행성에 간다.
새로 생겨난 아이 반죽이는 열심히
킥보드를 타고 있다.

고양이는 다시 오두막에 돌아온다.
사랑스런 오두목, 선인장, 꽃물고기, 루돌프, 산타, 먹구름, 코끼리.
그 모든 친구들의 무덤을 하나 하나 찾는다.

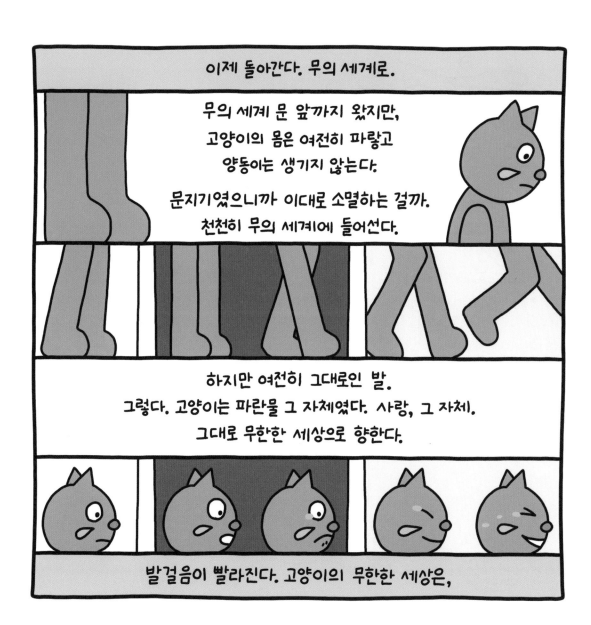

이제 돌아간다. 무의 세계로.

무의 세계 문 앞까지 왔지만,
고양이의 몸은 여전히 파랗고
양동이는 생기지 않는다.

문지기였으니까 이대로 소멸하는 걸까.
천천히 무의 세계에 들어선다.

하지만 여전히 그대로인 발.
그렇다. 고양이는 파란물 그 자체였다. 사랑, 그 자체.
그대로 무한한 세상으로 향한다.

발걸음이 빨라진다. 고양이의 무한한 세상은,

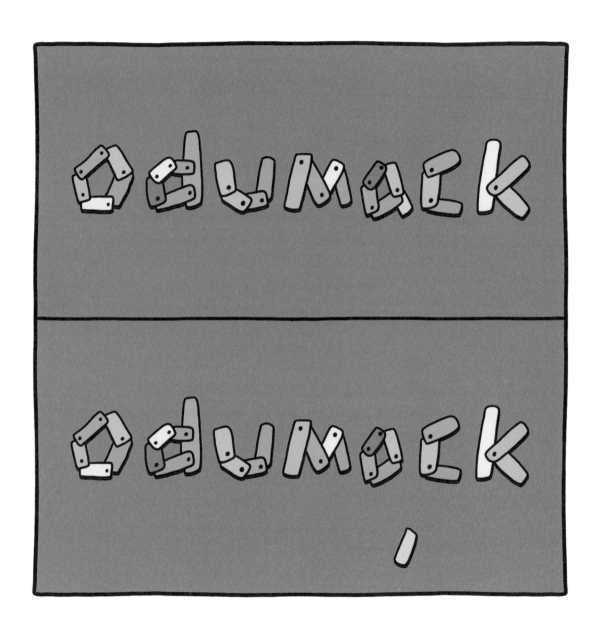

이야기를 마치며

이야기는 조그만 쉼터 오두막에서 시작합니다.

서로 다른 아홉 개 캐릭터는 어딘가 행복하지 않은 모습으로 오두막에 모이게 됩니다.

이들은 현실과 이상 사이를 오가며 자신의 부족한 점을 마주합니다.

연민과 동경, 우정 그리고 그 중간에서 들춰지는

감정과 꿈, 본연에 대한 가치를 나누며 서로의 오두막이 되어 줍니다.

픽션과 논픽션이 혼재되어 있는 세상 속에서

오두목 캐릭터가 유독 저의 현재 이야기를 다루고 있습니다.

나머지 여덟 개 캐릭터는 누구나 공감할 수 있다는 의미로

이름이 아닌 보통 명사로 했습니다.

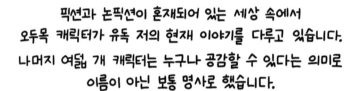

이들에겐 나이와 성별, 고향 모든 것이 상관없습니다.

이들은 스스로인 동시에 오두목 내면에 숨어 있는 무의식이자 다채로움이기도 합니다.

그 다양성은 서로 어우러져 삶의 풍경처럼 펼쳐집니다.

태어나 마주한 어른을 보며 꿈을 꾸고 사춘기에 들어섰다가

상처 속에서 감정을 감췄다 드러내며 본연을 지키고자 헤맵니다.

이윽고 청춘이 지나 자신의 어른을 떠나 보내지만

수많은 상실 속에서도 끊임없이 사랑을 꾀하려고 합니다.

어느덧 본인도 어른이 되어 자신이 꿈이라는 한 아이를 마주하게 됩니다.

그 아이로 인해 다시금 꿈을 찾고 자기 몫을 살아가며 죽음을 향해 갑니다.

어쩌면 한 인간이 겪는 감정의 소용돌이이자
한 인간이 태어나 죽음으로 가는 이야기이기도 합니다.

무심히 흘러가는 시간 속에서
오두목 패밀리는 만나고, 이어지며, 나아가고, 돌아갑니다.
그 여정은 북적이다가도 고요하며, 낙담하다가도 희망찹니다.

이들은 서로의 오두막이자
스스로의 오두막으로 거듭납니다.

오두목 패밀리의 긴 여정에 함께해 주셔서 감사드리며
독자 여러분의 여정도 오두막의 온기처럼 다사롭길 바랍니다.

누구나 자신의 오두막입니다.

오두목 드림.

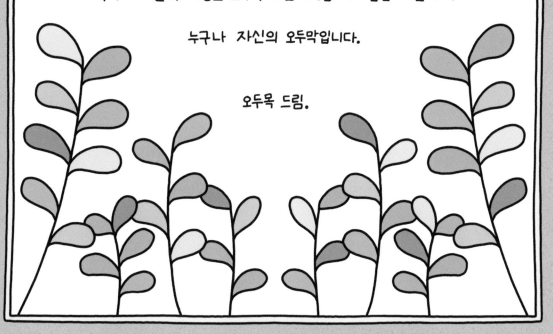

오두목

오두막이 되고 싶은 오두목입니다.

낮엔 개구진 그림으로 타투를,
저녁엔 서로의 오두막 오두목 패밀리 이야기를,
밤엔 모두가 괴상해서 이상할 게 없는
기괴한 곳에서 제품을 만듭니다.

타투 @odumock, @ottoomock
만화 @otoonmock
상점 @odumocks.odumack

파란 문의 오두막

초판 2쇄 2024년 7월 15일
초판발행 2024년 5월 8일

글 · 그림 오두목
발행인 채종준

출판총괄 박능원
책임편집 유나영
디자인 서혜선
마케팅 전예리 · 조희진 · 안영은
전자책 정담자리
국제업무 채보라

브랜드 므큐
주소 경기도 파주시 회동길 230 (문발동)
투고문의 ksibook13@kstudy.com

발행처 한국학술정보(주)
출판신고 2003년 9월 25일 제406-2003-000012호
인쇄 북토리

ISBN 979-11-7217-214-5 03810

므큐는 한국학술정보(주)의 아트 큐레이션 출판 전문브랜드입니다.
무궁무진한 일러스트의 세계에서 가치 있는 정보를 수집하고 선별해 독자에게 소개한다는 뜻을 담고 있습니다.
'예술'이 가진 아름다운 가치를 전파해 나갈 수 있도록, 세상에 단 하나뿐인 책을 만들고자 합니다.